AF588727

Dijon, 5 decembre 1892

VENTE AUX ENCHÈRES

DE

MEUBLES ANCIENS

et Modernes

BRONZES, OBJETS D'ART

ET DE CURIOSITÉ

DANS LES MAGASINS

DE

M. Edmond TAGINI

DIJON

IMPRIMERIE EUGÈNE JOBARD

1892

VENTE AUX ENCHÈRES

DE

MEUBLES ANCIENS

et Modernes

BRONZES, OBJETS D'ART

ET DE CURIOSITÉ

DANS LES MAGASINS DE M. E. TAGINI

POUR CAUSE DE CESSATION DE COMMERCE

Le 5 Décembre et jours suivants.

EXPOSITION PUBLIQUE

Les 1er, 2, 3 et 4 Décembre.

M. LAURENT, commissaire-priseur.
M. MASSON, expert.

DIJON

IMPRIMERIE EUGÈNE JOBARD

Place Darcy, 9.

CONDITIONS DE LA VENTE

Elle sera faite au comptant.

Les acquéreurs paieront *cinq pour cent* en plus du prix d'adjudication.

L'ordre des numéros ne sera pas suivi pour la vente. Il sera vendu chaque jour de tous les genres d'objets.

M. MASSON, expert, se chargera des commissions qu'on voudra bien lui confier.

VENTE

DE

M. Edmond TAGINI

I.

MEUBLES

1 — Grand meuble de salle, à huit portes sculptées, feuilles à enroulements, deux tiroirs à frise et rinceaux, pilastres à chutes de feuilles et fruits, mascarons grotesques et têtes d'Amours. Travail provençal du XVIe siècle.

2 — Buffet dressoir à deux portes et deux tiroirs incrustés de filets et plaques bois noir, le dessus à vaissellier surmonté d'une pannetière. Travail lyonnais, fin du XVIe siècle.

3 — Crédence à pans coupés, à deux portes et deux tiroirs, ornée de moulures. Travail du commencement du XVIe siècle.

4 — Meuble bois de noyer, à deux corps, quatre portes, quatre tiroirs, orné de têtes aux angles, pilastre colonnes torses, frise ornée d'aigles avec guirlandes de fleurs, surmonté d'un acrotère en galerie balustre. Travail français, fin du XVIe siècle.

5 — Meuble bois de noyer, à deux corps, quatre portes, deux tiroirs, orné de moulures et d'incrustations arabesques, bois et pâte, pilastres à cannelures et baguettes saillantes, surmonté de modillons à feuille d'acanthe. Ecole lyonnaise du XVIe siècle.

6 — Meuble bois de noyer, à deux corps et deux tiroirs, orné de moulures, montants plats, orné, ainsi que les portes, d'incrustations pâte. Ecole lyonnaise, XVIe siècle.

7 — Grande armoire, bois de noyer sculpté, armoire à deux portes séparées par un pilastre au-dessous, deux tiroirs, serrure et ferrures de l'époque. Commencement du XVIIe siècle, travail suisse.

8 — Grande armoire, bois de diverses essences, à deux portes séparées par des colonnes, au-dessous deux tiroirs. Travail alsacien du XVIIe siècle.

9 — Grande armoire noyer, ornée de moulures et de sculptures, vieilles ferrures, serrure et clé. Travail français du XVIIIe siècle.

10 — Meuble à deux corps, deux tiroirs, quatre portes ornées de sculptures, montant à pilastres cannelés surmontés de modillons. Travail bourguignon du XVIe siècle.

11 — Meuble bois de noyer, à deux corps, quatre portes, deux tiroirs à godrons saillants, pilastres à cannelures surmontés de modillons sculptés, feuilles d'acanthe, frise ornée de trois têtes d'ange. Travail bourguignon du XVIe siècle.

12 — Meuble bois d'ébène, dit cabinet, à deux portes, intérieur à nombreux tiroirs, monté sur pieds à colonnes annelées en bois d'ébène. Travail français, XVIIe siècle.

13 — Coffre en bois de noyer, à deux panneaux de face, orné de peintures grisailles d'or.. Travail bourguignon, XVIe siècle.

14 — Coffre en bois de chêne sculpté ; sur la face, quatre panneaux sculptés plissés, séparés par des montants sculptés à entrelacs.

15 – Banquette bois de noyer sculpté. XVIe siècle.

16 — Grand divan à trois places, chêne sculpté, coussins et oreillers couverts étoffe laine brochée. Style renaissance.

17 — Commode forme régence, à cinq tiroirs, bois d'acajou rubanné, orné de bronzes dorés, dessus marbre brèche d'Alep. Epoque Louis XVI.

18 — Commode forme régence, à deux tiroirs, marqueterie paysage et les côtés vases de fleurs, ornée de bronzes dorés Louis XVI, dessus marbre brèche.

19 — Une commode-bureau, trois tiroirs, en marqueterie de bois de rose, coins arrondis ; la face présente une frise, le bas est divisé en trois panneaux, celui du milieu est orné de trophée de musique, les entourages à filets mosaïque, dessus marbre rouge royal. Epoque Louis XVI.

20 — Une commode à cinq tiroirs, trois petits et deux grands, placage bois de rose, à filets mosaïque, dessus marbre rouge royal. Epoque Louis XVI.

21 — Une commode à cinq tiroirs, deux grands au-dessus et trois petits au bas, placage bois de palissandre, richement ornée de bronzes dorés à têtes, dessus marbre rouge royal. Epoque Louis XIV.

22 — Une commode à quatre tiroirs, deux grands et deux petits au bas, placage palissandre, ornée de bronzes dorés. Epoque Louis XIV. Dessus marbre griotte.

23 — Une commode forme droite, coins arrondis, cannelures cuivre poli, à cinq tiroirs, deux petits en haut, trois grands dessous, garnis de bronzes polis, dessus marbre rouge royal. Epoque Louis XIV.

24 — Une commode forme droite, à pans coupés, trois tiroirs, placage palissandre, filets cuivre gravé, ornée de bronzes dorés, dessus plaqué palissandre et filets cuivre gravé, entouré d'une moulure bronze doré. Epoque Louis XIV.

25 — Une commode forme droite, pans coupés, deux grands tiroirs, ornée de bronzes dorés, dessus marbre blanc. Epoque Louis XVI.

26 — Petite commode demi-circulaire, à trois tiroirs, les côtés à étagère, placage bois de rose, ornée de bronzes dorés, dessus marbre. Epoque Louis XVI.

27 — Commode chiffonnier à quatre tiroirs, placage bois des îles, les côtés à étagères ornés de bronzes dorés, dessus marbre blanc Epoque Louis XVI.

28 — Petite commode forme carrée, à frise, d'un tiroir, trois au-dessous, ornée de moulures, poignées et entrées bronze poli, dessus ancien marbre Sainte-Anne.

29 — Commode forme contournée, en bois sculpté doré, ornements à guirlandes et médaillons. Epoque Louis XV.

30 — Petite commode forme droite, pans coupés, à deux tiroirs, placage bois de rose, frisé bois d'amarante à filets, chutes et poignées bronzes dorés, dessus de marbre Sarancolin. Epoque Louis XVI.

31 — Petite commode de forme contournée, à trois tiroirs à marqueterie, chutes, entrées et pieds bronzes dorés, dessus de marbre rouge royal. Style Louis XV.

32 — Console à quatre colonnes cannelées cuivre, à un tiroir et rayon au bas, dessus de marbre garni d'une galerie bronze doré. Epoque Louis XVI.

33 — Petite console forme carrée, à un tiroir et un rayon, bas marqueterie acajou à damier, dessus marbre blanc orné d'une galerie bronze doré.

34 — Une vitrine forme droite, coins arrondis, à deux portes, dessus bois, placage palissandre. Epoque Louis XIV.

35 — Une vitrine en hauteur, forme contournée, à marqueterie bois de couleur sur palissandre, ornée de bronzes dorés. Style Louis XV.

36 — Une grande vitrine forme carrée, acajou, à deux portes, à glaces à biseaux, ornée de bronzes dorés. Style Louis XVI. Dessus bijoutière à glaces à biseaux.

37 — Un meuble d'appui, marqueterie bois des îles (corail et amarante), richement orné de bronzes dorés, dessus de marbre. Style Louis XVI.

38 — Un meuble d'appui, bois noir, orné de médaillon et d'ornements en bronze doré, dessus de marbre.

39 — Un petit bureau à vitrine, en acajou, avec tiroirs, dessus de marbre, à galerie bronze doré. Epoque Louis XVI.

40 — Un bureau plat, forme contournée, à placage bois de rose, frisé palissandre, orné de moulures, encadrements des tiroirs et aux angles, de bronzes dorés. Style Louis XV.

41 — Un bureau plat à étagère, dit semainier, en bois de violette, caisse et tiroirs montés sur huit pieds reliés par des traverses X. Epoque Louis XIV.

42 — Une table de salon, marqueterie, bois de couleur sur fond bois satiné, frisé palissandre, moulure entourant le dessus, et ornée aux angles de chutes et pieds bronze doré. Style Louis XV.

43 — Une table de salon, marqueterie, bois de couleur sur fond palissandre, le dessus entouré d'une moulure cuivre, les angles, pieds et tiroirs ornés de bronzes polis. Style Louis XIV.

44 — Une table de toilette à marqueterie d'arabesques sur bois de palissandre, intérieur à trois compartiments. Epoque Louis XVI.

45 — Une encoignure à marqueterie, bois de palissandre et de violette, dessus de marbre rouge royal. Epoque Louis XIV.

46 — Une encoignure à marqueterie palissandre et bois de violette, à dessus de marbre.

47 — Une petite table de fantaisie, forme contournée, peinture genre vernis Martin (le portrait d'après Loveret), ornée de bronzes dorés style Louis XV.

48 — Une petite table, forme haricot, à peintures genre vernis Martin (*la Danse*), ornée de bronzes dorés. Style Louis XV.

49 — Une petite table, forme contournée, coins arrondis, à peinture genre vernis Martin (*la Leçon de flûte*), intérieur aventurine.

50 — Un meuble d'appui bois noir, à marqueteries, vase de fleurs, dessus bois. Style Louis XIV.

51 — Petit meuble d'appui, à une porte, marqueterie de Boule, cuivre et écaille noire, orné de bronzes, dessus marbre noir.

52 — Un meuble d'appui, à deux portes, marqueterie bois de couleurs, sur fond bois satiné, dessus marbre rouge royal.

53 — Un meuble d'appui forme carrée, bois d'acajou et de citronnier, à deux portes, dessus marbre. Epoque Directoire.

54 — Secrétaire à chiffonnier, bois noir, orné de bronzes dorés.

55 — Secrétaire forme droite, placage bois de rose, orné de filets. Epoque Louis XVI.

56 — Secrétaire forme contournée, placage bois de rose, frisé palissandre, intérieur à quatre tiroirs et une case fermée à fougère, dessus bois. Epoque Louis XV.

57 — Un chiffonnier à secrétaire et tiroirs, marqueterie bois de couleurs, fond palissandre, orné de bronzes dorés. Style Louis XV.

58 — Un bureau à cylindre, marqueterie, bois de couleurs sur fond bois de satinette à médaillon, dessus de marbre brèche d'Alep à galerie bronze doré.

59 — Un bureau à doucine, à marqueterie, bois d'acajou, frisé palissandre, à dessus de marbre rouge suisse, galerie et moulures, bronze poli.

60 — Un bureau, dos d'âne, forme contournée, à marqueterie bois de couleurs sur fond palissandre, garnitures bronzes dorés.

61 — Un grand bureau abattant, à placage de noyer et incrustations, surmonté d'une vitrine à deux portes. Epoque Louis XIV.

62 — Un petit bureau bois fruitier, forme droite abattant, un tiroir. Epoque Louis XV.

63 — Une petite table à ouvrage, peinte sur fond d'or (pastorale), genre vernis Martin, intérieur capitonné soie rose, à glace à biseaux.

64 — Un petit guéridon à trois pieds, dessus de marbre rouge suisse, encadré de peintures fleurs, genre vernis Martin. Style Louis XVI.

65 — Une table guéridon bois d'acajou, ornée de bronzes dorés, dessus marbre, brocatelle à galerie bronze doré.

66 — Une table de fantaisie à marqueterie, présentant une chasse au cerf sur fond bois de rose, dessus se relevant à glace sur un tiroir. Style Louis XV.

67 — Une table de fantaisie, marqueterie, médaillon, paysage sur bois de rose, un tiroir sur le côté. Style Louis XV.

68 — Une table à ouvrage, marqueterie, personnages sur fond bois de palissandre, dessus à glace intérieure. Style Louis XV.

69 — Une table à ouvrage forme Pompadour, à placage bois de palissandre, orné de bronzes dorés, intérieur capitonné soie bleue à fond de glace à biseaux. Style Louis XV.

70 — Un chiffonnier, forme carrée, à deux petits tiroirs, dessus de marbre, à galerie et cuivres polis. Epoque Louis XVI.

71 — Une petite table d'échecs à deux tiroirs, plaquée bois de rose, frise amarante, les pièces d'échecs en corne sculptée Epoque Louis XVI.

72 — Une chiffonnière à trois tiroirs, placage bois de rose quadrillé. Style Louis XVI.

73 — Une étagère bois d'érable, forme contournée, à trois rayons ornés de peintures genre vernis Martin, garnis de galeries cuivre doré.

74 — Une vitrine, forme guéridon, en bois d'acajou orné de bronzes dorés, les glaces à biseaux. Style Louis XVI.

75 – Un bonheur du jour, petit secrétaire de forme contournée à abattant, deux tiroirs, richement orné de bronzes ciselés, dorés or moulu. Style Louis XV.

76 — Une console acajou, à dessus de marbre onyx, garnie d'ornements bronze doré, à huit colonnettes cannelées, les entrejambes ornés de vases et corbeille bronze doré. Style Louis XVI.

77 – Un petit meuble d'entre-deux, à une porte, marqueterie à personnages sur bois de palissandre, orné de bronzes dorés, dessus de marbre. Style Louis XV.

78 — Une petite chiffonnière hollandaise à six tiroirs, marqueterie bois sur acajou.

79 — Une table à éventail, ceinture à godrons saillants, traverse à balustres supportant des arcades noyer sculpté. Copie d'ancienne table renaissance bourguignonne.

80 – Une table à tirettes, quatre colonnes toscanes, traverse à colonnettes bois de noyer. XVIe siècle.

81 — Une table supportée par sept colonnes, traverse à moulures forme double T, les tirettes manquent. Noyer fin du XVIe siècle.

82 - Une table à tirettes à quatre pieds balustres, ceinture à moulures guillochées, bois de noyer. Commencement du XVIIe siècle.

83 — Une table à quatre pieds balustres carrés, noyer sculpté, dessus et traverse manquent. XVIe siècle.

84 — Une table à cinq colonnes torses, dessus à volets, noyer tourné. XVIIe siècle.

85 — Une table à éventail, pieds chimères, traverses à colonnettes, noyer sculpté. Travail italien du XVIe siècle.

86 — Une table-bureau à quatre pieds balustres, reliés par un X, bois de noyer. XVIIe siècle.

87 — Une table à quatre pieds tournés en forme d'X, noyer tourné. XVIIe siècle.

88 — Une table à quatre pieds balustres, à un tiroir, noyer. XVIIe siècle.

89 — Un guéridon à incrustations os et ivoire gravé, tablette octogone, supportée par quatre consoles s'appuyant sur un fût de colonne centrale. Travail italien dit à la Certosine.

90 — Une table à tirettes, à quatre pieds balustres, reliés par une traverse à double T à moulures. XVIe siècle.

91 — Un lit à quatre colonnes, baldaquin et fronton noyer sculpté. XVIe siècle.

92 — Un lit à colonnettes, peint en blanc, canapé et fauteuils noyer sculpté, peints en blanc. Epoque Louis XVI.

93 — Une table marqueterie Boule, mascarons et encadrement bronze poli.

94 — Une table à dessus marbre onyx, ceinture et cannelures ornées bronzes dorés.

II.

Meubles chinois, japonais, orientaux.

95 — Une grande vitrine à deux corps, portes vitrées, bois de fer sculpté, monté sur socle à moulures.

96 — Un ancien meuble d'appui, face à quatre portes, bois de fer sculpté, ajouré et incrusté de nacre, paysages à personnages, trois tiroirs en haut et trois tiroirs en bas, incrustés nacre à paysages et figures, les côtés formés de six panneaux présentant le même travail que la face, provenant du Tonkin.

97 — Deux anciens coffres de mariage, en laque noire, incrustés de nacre, forme carrée, portés sur socles laqués rouge et or.

98 — Un meuble étagère et à portes laquées et incrustées ivoire et nacre, fronton au dragon impérial. Travail japonais.

99 — Deux plateaux, laque noire et or de Chine, fleurs et oiseaux, forme bateau.

100 — Deux plateaux, laque noir et or, fleurs et oiseaux, forme carrée, coins arrondis.

101 — Deux plateaux, laque sur fond bois marqueté et laqué noir et or, fleurs.

102 – Une table carrée à quatre pieds, bois de fer sculpté, dessus de marbre.

103 – Deux supports de vase, bois de fer sculpté, incrusté nacre, à dessus de marbre. Tonkin.

104 — Un tabouret turc, bois incrusté et marqueté, nacre et écaille, les pieds formant portiques.

105 — Une table à ouvrage à panneaux japonais, bois de fer, incrusté nacre et ivoire, montée sur quatre pieds, tiroir, étagère, bois noir.

106 — Une boîte à thé, renfermant trois boîtes, forme losange, bois laqué noir et or, paysages et personnages.

107 — Un tabouret, support en bois de fer sculpté, rinceaux et méandres, travail chinois, dessus marbre.

III.

Glaces et Consoles, bois sculpté et doré.

108 — Une grande glace à trophées militaires, bois sculpté doré, glace en deux pièces ; dans l'encadrement, des glaces de Venise à dessins gravés. Epoque Louis XIV.

109 — Une glace à trophées militaires, bois sculpté peint, glace à biseau d'une seule pièce. Epoque Louis XIV.

110 — Une grande glace, cadre bois sculpté doré, pampres de vigne, la glace en deux pièces. Epoque Louis XV.

111 — Une glace de cheminée à attique, attributs et musique, cadre à perles et rais-de-chœur, bois sculpté doré, fond bois peint en blanc. Epoque Louis XVI.

112 — Une glace de cheminée avec attique, peinture camaïeu grisaille (*Clytie désarmant l'Amour*), cadres et ornements bois de chêne sculpté doré. Epoque Louis XVI.

113 — Une glace, trumeau à attique, bois sculpté doré sur fond bois, peint en blanc. Epoque Louis XV.

114 — Une glace, trumeau bois sculpté doré, sur fond bois peint en blanc. Epoque Louis XV.

115 — Une glace à fronton, trophée de musique et chute feuilles et fleurs de rosiers, bois sculpté doré. Epoque Louis XVI.

116 — Une glace à fronton, trophée pastoral, entouré de branches de lauriers, bois sculpté doré. Epoque Louis XVI.

117 — Une petite glace à fronton, carquois à guirlandes de laurier entouré de branches, feuilles de chêne et de laurier, bois sculpté doré. Epoque Louis XVI.

118 — Une glace à cadre uni, orné de chutes de feuilles et fleurs, bois sculpté doré. Epoque Louis XV.

119 — Une grande glace, cadre à grandes feuilles d'acanthe, bois sculpté doré. Epoque Louis XIV.

120 — Petite glace, bois sculpté doré. Epoque Louis XV.

121 — Une glace à cadre, grands reliefs de feuilles d'acanthe en rinceaux, bois sculpté doré. Epoque Louis XIV.

122 — Une glace à baguettes, ornée de fronton et moulures, cuivre estampé doré. Style du XVIIe siècle.

123 — Un miroir à psyché, cadre bronze poli. Style Louis XV.

124 — Un miroir glace de Venise, cadre à fronton, baldaquin et draperies en glaces gravées. Travail vénitien du XVIIe siècle, époque Louis XIV.

125 — Une glace à large cadre à moulures guillochées, bois noir. Epoque Louis XIV.

126 — Une glace à cadre, moulures et guillochures, bois noir. Epoque Louis XIV.

127 — Une petite glace à cadre, moulures et guillochures, bois noir. Epoque Louis XIV.

128 — Une petite glace à cadre, moulures et guillochures, bois noir. Epoque Louis XIV.

129 — Une paire glaces appliques à deux lumières, bois sculpté doré. XVIIIe siècle.

130 — Une glace applique, cadre faïence vénitienne, branches en fer doré, verre gravé à personnages.

131 — Une glace à fronton, trophée de musique, bois sculpté doré, dorure de l'époque Louis XIV.

132 — Une glace à fronton, vase de fleurs, bois sculpté doré. Epoque Louis XIV.

133 — Une console à quatre pieds, sans entrejambes, ceinture bouquet de roses, bois sculpté doré, ancienne dorure, marbre rouge royal. Epoque Louis XV.

134 — Une console demi-ronde à quatre pieds carquois, ceintures à entrelacs, à l'X, un vase bois sculpté doré, dessus marbre blanc. Epoque Louis XVI.

135 - Une console, forme contournée, à trois pieds à guirlandes fleurs, bois sculpté doré, ancienne dorure, dessus de marbre rouge royal. XVIIe siècle.

136 — Une console à deux pieds, ceinture et entrejambes à vases de fleurs et de fruits, bois sculpté doré. Epoque Louis XV.

137 — Une console à deux pieds, ceinture à cannelures, ornée de guirlandes de feuilles de laurier, entrejambe à vase orné de feuilles de laurier, bois sculpté doré. Epoque Louis XV. Dessus de marbre Charlemont.

138 — Une console, forme contournée, à un pied, ceinture à coquille et rocailles, bois sculpté doré. Epoque Louis XV. Dessus de marbre brèche d'Alep.

139 — Une console demi-ronde à deux pieds droits cannelés, ceinture à entrelacs, ornée de guirlandes de fleurs, entrejambe à vase orné de fleurs, bois sculpté doré, vieille dorure, dessus de marbre. Epoque Louis XVI.

140 — Une console à deux pieds, forme droite, coins arrondis, bois sculpté, peint et doré. Epoque Louis XIV. Le dessus de marbre manque.

141 — Deux petites consoles d'applique d'angle, bois sculpté doré, rinceaux et lambrequin, dorure ancienne. Epoque Louis XIV.

142 — Une petite console à deux pieds, forme contournée, style rocaille, bois sculpté, vieille dorure, dessus marbre blanc.

143 — Une console forme carrée, formée de feuilles d'acanthe en quatre branches reliées au milieu, dessus bois. XVIIe siècle.

144 — Une table carrée à quatre pieds et figures, ceinture à mascaron, bois sculpté doré, dessus marbre griotte. Epoque Louis XIV.

IV.

MARBRES

145 — Deux statuettes marbre polychrome, *Négresse et nègre dansants*, marbre noir fin ; draperies jaune de Naples ; sur socle vert de mer.

146 — Buste de Christ, attribué à Bouchardon.

147 - Buste de saint Joseph, marbre blanc, sur socle jaune antique, attribué à Puget.

148 — Buste de Diane, par Ceribelli, d'après Houdon.

149 — *Amour endormi*, sur socle de marbre portor.

V.

TABLEAUX

150 — Deux tableaux, volets de tryptique, peintures présentant d'un côté saint Etienne et saint Laurent, de l'autre, en sculpture peinte et dorée, sainte Catherine et saint André. Travail français du XVe siècle.

151 — Deux grands panneaux, sculpture polychrome, représentant l'Annonciation et l'Adoration des Rois. Travail du XVIe siècle.

152 — *La Fuite en Egypte*, beau cadre bois sculpté doré, peinture sur cuivre. Ecole italienne.

153 — *L'Assomption de la Vierge*, peinte sur agâte, le cadre d'un beau travail de mosaïque de Florence en pierres dures, jaspe, agate et lapis-lazuli sertis en argent.

154 — Deux paysages, fêtes villageoises, de Lallement.

155 — *La Vierge tenant l'Enfant Jésus*. Ecole russe du XVIe siècle. Peinture sur panneau.

156 — *Saint Pierre en prière*. Ecole italienne.

157 — Portrait de femme, costume hollandais. XVIIe siècle.

158 — Grand tableau, *Christ en croix :* au pied, sainte Madeleine ; au fond, la ville de Jérusalem. Cadre ancien, bois sculpté, doré.

159 — *Saint Antoine de Padoue,* tableau ovale. Ecole italienne. Sans cadre.

160 — *Sainte Madeleine,* cadre bois noir.

161 — *Intérieur d'église,* signé Van Dael.

162 — Deux tableaux sujets bibliques, cadres bois dorés Louis XVI. Ecole de Vien.

163 — Portrait du cardinal de Tencin, cadre bois sculpté doré. XVIIIe siècle.

164 — *Saint Paul sur le chemin de Damas,* de Josse Momper. XVIe siècle. Cadre bois d'acajou.

165 — Portrait de grand maître d'université. XVIIIe siècle.

166 — Deux paysages à figures, *Narcisse et Pan.* Ecole flamande, XVIIe siècle.

167 — *Poules et coqs,* signé Handerkœter.

168 — *Gibier d'eau.* Ecole française, XVIIIe siècle.

169 — *Tête de vieillard,* de Piazzetta.

170 — Portrait de femme. Ecole italienne, XVIIIe siècle. Sans cadre.

171 — *Berger jouant de la flûte.* Ecole française, XVIIIe siècle, sans cadre.

172 — Deux tableaux se faisant pendant : *Iphigénie* et *Archimède.* Ecole de Lebrun, XVIIe siècle.

173 — *La Vision de Constantin.* Ecole flamande, XVIIe siècle.

174 — *Les Noces de Psyché*, grande frise, copie d'après Raphaël.

175 — *La Leçon de chant*, attribué au Dominicain.

176 — *Les Nymphes endormies*, copie d'après Boucher.

177 — *Bataille, choc de cavalerie*, de Jacques Courtois, dit le Bourguignon.

178 — Petit paysage sur bois, signé Eschard.

179 — *La Nativité, adoration des bergers*, peinture sur bois. Ecole d'Albert Durer, XVe siècle.

180 — Portrait de dragon, peinture sur toile, ancien cadre ovale doré. XVIIIe siècle.

181 — Portrait de Louis XIV, dans le goût d'Hyacinthe Rigaud.

182 — Portrait d'enfant. XVIIe siècle.

183 — Deux pastels, *Saint Jean et sainte Magdeleine*. Ecole de Rosalba.

184 — *Vieux Dijon*, aquarelle, par T. de Jolimont.

185 — *La sainte Vierge tenant l'Enfant Jésus*. Attribué à Revel.

186 — Deux grands dessins, *Ruines et monuments romains*, signés Pannini et datés.

187 — *L'Adoration des Rois*, petit tableau sur bois. Peinture russe.

188 — *Saint François en prière*, peint sur marbre. Ecole italienne.

189 — *Saint François d'Assise*. Ecole italienne. Sur toile, cadre bois doré.

190 — *Sainte Vierge et l'Enfant Jésus endormi*. Ecole italienne.

191 — Portrait d'homme. Ecole de Rembrandt.

192 — *Sainte Madeleine*, peinture sur cuivre. Ecole italienne, cadre bois sculpté doré.

VI.

BRONZES D'ART

193 — Groupe équestre, de Victor-Amédée de Marochetti.

194 — Statuette, *Espiègle*, de Mathurin Moreau.

195 — Statuette, *Jeune fermière*, de Mathurin Moreau.

196 — *Sur la falaise*, de Mathurin Moreau.

197 — *L'Echo*, de Mathurin Moreau.

198 — *Jeune fille à l'agneau, Le voilà !* de Mathurin Moreau.

199 — *Le Faucheur*, de Mathurin Moreau.

200 — *Fantassin*, de Mathurin Moreau.

201 — *Myosotis*, statuette de Mathurin Moreau.

202 — *Enfant jouant aux billes*, d'Auguste Moreau.

203 — *Jeune fille, le Retour des hirondelles*, d'Hippolyte Moreau.

204 — *Jeune mère allaitant son enfant,* de E. Laporte.

205 — *Propos d'amour,* statuette de Henri Plé.

206 — *Narcisse* ou *l'Echo,* reproduction de l'antique du musée de Naples, par Barbedienne.

207 — Deux groupes, *Enfants à la cage,* de Pigalle, monté sur socle, bronze doré.

208 — Deux statuettes, *Faune et Bacchante,* de Clodion.

209 — Deux statuettes, *Enfants au chien et chat,* de Pigalle.

210 — Deux statuettes, *Flore et Zéphyre.*

211 — Deux statuettes, *Enfants,* de Clodion, sur socle, bronze doré.

212 — Un buste, *l'Alsace,* de Grégoire.

213 — Deux statuettes, *Arlequin et Pierrot,* bronze argenté, de Lalouette.

214 — *Jeune fille au lapin,* bronze argenté, de Lalouette.

215 — Deux petits groupes, *Enfants saisons,* socle marbre griotte.

216 — Deux statuettes, *Soudard et Varlet,* bronze argenté.

217 — Deux statuettes, *Enfants guerriers.*

218 — Deux bustes, *Voltaire* et *J.-J. Rousseau.*

219 — Une paire vases, *Enfants,* bronze doré, d'Auguste Moreau.

220 — Paire de vases, *Enfants,* bronze doré, du même.

221 — Une paire vases, forme gourde, *Enfants,* bronze antique, d'Auguste Moreau.

222 — Deux groupes, *Enfants, Messager,* d'après Lemyre, montés sur socle bronze doré.

VII.

Pendules, Bronzes d'ameublement et Garnitures de foyer.

223 — Garniture de cheminée, pendule et candélabres, sept lumières, bronze doré, cariatides têtes de femme. Style Louis XIV.

224 — Garniture de cheminée, pendule *au Lion* et candélabres vases, cinq lumières. Style Louis XVI, bronze doré.

225 — Garniture de cheminée, pendule à glaces et paire de flambeaux, *Enfants à la colonne*, bronze doré, montés sur plaques de porphyre oriental. Style Louis XVI.

226 — Garniture de cheminée, pendule à glaces et candélabres, trois lumières, bronze doré. Style Louis XVI.

227 — Garniture, pendule, *Enfants cariatides*, et candélabres bronze doré, sur marbre blanc. Style Louis XVI.

228 — Garniture, pendule, *Enfant au paon*, et candélabres à girandoles, trois lumières. Style Louis XV. Bronze doré.

229 — Garniture, pendule, *Enfant à la lyre,* et paire candélabres bronze doré, à cinq lumières. Style Louis XV.

230 — Petite garniture rocaille, pendule et candélabres, deux lumières, bronze doré. Style Louis XV.

231 — Une garniture, pendule cariatides renaissance et paire candélabres assortis, bronze poli. Style renaissance.

232 — Petite garniture de cheminée rocaille, pendule et paire candélabres à trois lumières, bronze doré. Style Louis XV.

233 — Une garniture de cheminée, pendule forme droite sur socle marbre blanc et paire de candélabres. Style Louis XVI.

234 Garniture de cheminée, pendule à consoles et paire candélabres assortis à cinq lumières, bronze doré. Style Louis XVI.

235 — Petite garniture de cheminée, pendule forme droite, porcelaine de Sèvres, et paire de candélabres. Style Louis XVI.

236 — Petite garniture de cheminée, pendule à guirlandes et candélabres assortis, bronze doré. Style Louis XVI.

237 — Garniture de cheminée, pendule à cariatides sirènes et paire candélabres assortis, bronze doré. Style Louis XIV.

238 — Petite garniture de cheminée, pendule forme droite et paire de candélabres, deux lumières, assortis, bronze poli. Style Louis XIV.

239 — Petite garniture de cheminée, pendule *Enfant au tambour*, sur socle à frise, marbre blanc et paire flambeaux cassolettes, bronze doré et marbre blanc. Style Louis XVI.

240 — Garniture de cheminée, pendule statue bronze et paire candélabres statuettes surmoulées de Falconnet, sur pieds marbre blanc.

241 — Une ancienne pendule fût de colonne marbre blanc, ornée de guirlandes bronzes dorés. Epoque Louis XVI.

242 — Une ancienne pendule à cariatides d'aigles ; à la base, des camées en porcelaine de Wedgwood. Epoque Louis XVI.

243 — Une pendule forme droite, écaille, garnie de bronzes dorés. Epoque Louis XIV.

244 — Une petite pendule marqueterie, genre Boule, ornée de bronzes polis. Style Louis XIV.

245 — Une pendule forme droite, marbre turquin, orné de bronze dorés.

246 — Une pendule forme vase, en porcelaine, imitation de malachite, portant un bouquet de fleurs. Style Louis XVI.

247 — Petite garniture de cheminée, pendule forme droite supportant une statuette, *Enfant studieux*, avec flambeaux assortis sur marbre blanc garni bronze doré. Style Louis XVI.

248 — Une grande pendule marqueterie cuivre et écaille, genre Boule, sur pied terrasse et socle de suspension garni de bronzes dorés. Style Louis XIV.

249 — Un ancien cartel bronze doré au ruban bronze. Epoque Louis XVI.

250 — Régulateur bois noir à filets cuivre, orné de bronzes dorés. Epoque Louis XIV.

251 — Un socle borne pendule, en marbre rouge antique, garni d'ornements bronze doré. Style Louis XVI.

252 — Socle borne pendule, marbre griotte, garni d'ornements bronze doré. Style Louis XVI.

253 — Garniture de cheminée, pendule, socle orné de bronze, paire candélabres assortis.

VIII.

Lustres, Suspensions et Lampes.

254 — Lustre style Louis XV, dix-huit lumières à feuilles d'acanthe, bronze doré.

255 — Lustre style Louis XIV, neuf lumières à têtes de femme, bronze poli.

256 — Lustre style Louis XVI, vingt-quatre lumières à rinceaux, bronze doré.

257 — Lustre en fer noirci, à six lumières, feuilles et fleurs.

258 — Lustre en verre de Venise, feuilles et fleurs émaillées couleur.

259 — Petit lustre verre de Venise, tout blanc, à guirlandes.

260 — Lustre en verre de Bohême, quinze lumières, feuilles et fleurs volubilis.

261 — Lanterne d'escalier, fer forgé, forme carrée. Style Louis XIV.

262 — Suspension de vestibule, bronze poli. Style renaissance.

263 — Lanterne chinoise; bois de fer, verres peints.

264 — Suspension de salle à manger, bronze nikelé, lampe modérateur.

265 - Suspension de salle à manger, bronze doré, style Louis XVI, lampe modérateur.

266 — Une paire lampes modérateur, porcelaine de Canton, montées en bronze doré. Style Louis XVI.

267 — Une paire de lampes modérateur, faïence, monture bronze.

268 — Une paire lampes modérateur, faïence Gien, montées bronze doré.

269 Une paire lampes porcelaine du Japon laqué, monture bronze doré. Style Louis XVI.

270 — Une paire lampes vases, émail cloisonné de Chine, monture bronze doré.

271 — Une paire lampes vases, ancienne faïence de Delft, décor camaïeu bleu, monture bronze noir et or.

IX.

Candélabres, Flambeaux et Girandoles.

272 — Grande paire de candélabres, pieds à figures, bronze doré, à sept lumières.

273 — Paire candélabres, marqueterie genre Boule, à cinq lumières, bronze doré. Style Louis XIV.

274 — Paire vases à bouquets candélabres, trois lumières, formés de fleurs, bronze doré.

275 — Paire candélabres à cristaux, montés sur bronze doré, à trois lumières. Style Louis XVI.

276 — Paire de candélabres à deux lumières, sur pieds cannelés, fût torchère. Style Louis XVI.

277 — Paire girandoles, bronze argenté. Style Louis XV. Quatre lumières.

278 — Paire girandoles, bronze argenté, pieds enfant dénicheur.

279 — Paire girandoles, bronze argenté, sur flambeaux, pieds à coquilles. Style Louis XV.

280 — Petite paire candélabres à vase, émail cloisonné, deux lumières.

281 — Petite paire candélabres vases, porcelaine céladon vert, deux lumières.

282 - Paire candélabres, bas rocaille, deux lumières, dorés mercure.

283 — Trois paires petits candélabres, bronze gravé doré, à deux lumières.

284 — Une paire bras appliques à vase, guirlandes bronze poli, trois lumières.

285 — Une paire bras appliques, gaine enfant, trois lumières, bronze doré. Style Louis XVI.

286 — Une paire bras appliques, gaine torchère, bras contournés, trois lumières, style Louis XVI, bronze doré.

287 — Une paire bras appliques, gaine torchère à vase, trois lumières, bronze doré. Style Louis XVI.

288 — Paire appliques, bras à perles, bronze doré, trois lumières. Style Louis XVI.

289 — Paire appliques, gaine corne d'abondance, 2 lumières. Style Louis XVI.

290 — Paire flambeaux, tige balustre cannelé, bronze doré. Style Louis XVI.

291 — Paire flambeaux, tige balustre cannelé à pointes d'asperges, binet entrelacs à feuilles, bronze doré. Style Louis XVI.

292 — Paire flambeaux, tige à mascarons, bronze doré. Style Louis XV.

293 — Petite paire de flambeaux, tige torsade, bronze doré. Style Louis XV.

294 — Petite paire flambeaux rocaille, fleurdelysés, bronze doré.

295 — Petite paire flambeaux, fût de colonne cannelé, pied rond.

296 — Petite paire flambeaux, fût de colonne cannelé, pied carré.

297 — Paire flambeaux rocaille à fleurs, bronze doré. Style Louis XV.

298 — Paire grands flambeaux rocaille, graves, bronze doré.

299 — Paire flambeaux, fût de colonne marbre blanc et bronze doré. Style Louis XVI.

300 — Paire flambeaux vases, cassolettes, bronze doré. Style Louis XVI.

301 — Paire flambeaux, pied feuilles de laurier. Style Louis XVI. Bronze doré.

302 — Paire flambeaux, pied à cannelures torses, bronze doré. Louis XVI.

303 — Paire flambeaux, tige balustre cannelée. Epoque Louis XVI.

304 — Paire flambeaux, bronze doré. Epoque Louis XV.

305 — Grande paire flambeaux, bronze poli. Style renaissance.

306 — Paire flambeaux, pied à godrons bronze poli. Style renaissance.

307 — Paire flambeaux à pied cloche gravé. Style italien, XVe siècle.

308 — Deux paires de petits flambeaux, bas rocaille.

309 — Une paire petits flambeaux, bas rocaille, dorure mercure.

310 — Trois paires flambeaux, bronze doré. (Seront vendus séparément.).

X.

Chenets, Galeries et Garde-Feu.

311 — Grande galerie foyère, chenets à mascarons, bronze poli. Style Louis XIV.

312 — Grande galerie foyère, chenets forme vase, têtes d'anges. Style renaissance. Bronze poli.

313 — Paire chenets, singes frileux. Style régence. Bronze doré.

314 — Paire chenets, bustes sirènes, bronze poli. Style Louis XIV.

315 — Galerie, chenets enfants ailés. Style régence. Bronze poli.

316 — Galerie, chenets vases, pieds chimères, bronze poli. Style Louis XIV.

317 — Galerie à vases, à guirlandes laurier, bronze poli. Style Louis XVI.

318 — Paire de chenets droits, à fleurs de lys, datés 1457.

319 — Galerie, chenets à vases, guirlandes laurier, sur galerie balustre carrée, bronze doré. Style Louis XVI.

320 — Paire de grands chenets à vases, guirlandes feuilles de laurier, sur galerie à pommes de pin et draperie.

321 — Paire de chenets, lions couchés, sur galerie à draperie.

322 — Paire de chenets, enfants frileux, bronze doré. Style Louis XVI.

323 — Paire de chenets, galerie draperie et pommes de pin, bronze doré. Style Louis XVI.

324 — Paire de chenets à vases, têtes de béliers sur socle cannelé, à consoles. Style Louis XVI.

325 — Paire de chenets, bronze poli, vases à godrons creux. Style renaissance italienne.

326 — Galerie rocaille, feuille d'acanthe. Style Louis XV. Bronze doré.

327 — Petite paire chenets vases, fer forgé. Louis XVI.

328 — Grand écran en bronze poli. Style Louis XIV.

329 — Pare-étincelles éventail. Style Louis XIV. Bronze poli.

XI.

Porcelaines diverses montées en bronze.

330 — Une paire vases de porcelaine de Sèvres, décor pastoral d'après Boucher, à médaillons sur fond bleu turquoise, encadrés de filigranes dorés et d'imitation de pierres fines, monture style Louis XVI, bronze doré.

331 — Une paire de vases, forme balustre, faïence genre Sèvres, décor à personnages, fond bleu de France et filigranes dorés, monture bronze doré, style Louis XVI.

332 — Une paire vases porcelaines de Sèvres, fond bleu, semé de poudre d'or, monture style Louis XVI.

333 — Une paire de vases ovoïdes, porcelaine de Sèvres, montés en lampes, décor médaillon sur fond bleu de France, monture bronze doré, style Louis XVI.

334 — Une grande jardinière ovale, décor à médaillon, pastoral sur fond bleu de France, monture bronze doré, style Louis XVI, porcelaine pâte tendre.

335 — Une paire vases, porcelaine de Chine de Canton, décor à médaillons, mandarins et dragons, montés sur pieds, bronze doré.

336 — Une paire vases, forme balustre hexagone divisé en médaillons décorés alternativement de fleurs et de scènes à personnages, porcelaine de Satzuma, monture bronze doré, genre japonais.

337 — Une paire vases, forme cornet droit, décor oiseaux, porcelaine de Saxe, monture bronze doré, style Louis XV.

338 — Une paire vases, forme balustre carré, porcelaine du Japon, monture bronze doré.

339 — Une paire vases à côtes, porcelaine du Japon, monture bronze doré, style Louis XV.

340 — Une paire vases à côtes, porcelaine du Japon, monture dorée.

341 — Un vase à couvercle à parfums, porcelaine bleu fouetté, monture bronze ciselé doré, style Louis XVI.

342 — Une paire cachepots, porcelaine, genre Saxe, décor en relief, guirlande de feuilles de laurier, monture bronze doré, style Louis XVI.

343 — Une paire cachepots porcelaine, décor verdure, monture bronze noir et or.

344 — Une paire cachepots, porcelaine Japon, fond jaune pâle, décor feuilles, monture bronze doré.

345 — Un sucrier, médaillon sur fond bleu de France, monture style Louis XVI, bronze doré.

346 — Une paire petits cachepots forme bac, porcelaine Saxe, décor fleurs.

347 — Une paire cachepots, porcelaine Saxe, fleurs en relief.

348 — Une paire cachepots, forme ronde, porcelaine Saxe, décor fleurs.

349 — Un bol, ancienne porcelaine de Chine, décor personnages sur fond bleu.

350 — Un bol, porcelaine de Chine craquelée, décor genre famille, vert.

351 — Un bol, ancienne porcelaine de Chine impériale, décor fleurs sur fond turquoise.

352 — Un grand pot à tabac, porcelaine de Kioto (Japon), décor mandarins, rouge et or.

353 — Un petit sucrier, porcelaine ajourée de Saxe.

354 — Un petit plat creux, porcelaine ajourée de Saxe.

355 — Deux tasses, porcelaine Saxe, décors fleurs sur fond bleu.

356 — Six tasses, porcelaine du Japon, décor paysages.

357 — Quatre tasses porcelaine Saxe, médaillons Watteau, décor sur fond bleu.

358 — Deux tasses, porcelaine Saxe, décor fleurs sur fond or.

359 — Une tasse, porcelaine Tournay, pâte tendre, décor rubans bleu et or.

360 — Une tasse à couvercle, décor médaillon Watteau, fond doré.

361 — Une tasse, forme droite, décor genre oriental. Saxe.

362 — Une jardinière, forme ronde, porcelaine de Kioto, décor à personnages rouge et or, monture bronze doré.

363 – Une jardinière, forme ronde, porcelaine vieux Chine, couleur haricot, monté bronze doré.

364 — Une jardinière de forme hexagonale, ancienne porcelaine de céladon vert à dessins mascarons en relief, monture bronze doré.

365 – Une jardinière, forme ronde, porcelaine de Chine, dessins fleurs, monture bronze doré.

366 – Une jardinière, forme ronde, porcelaine d'Imari (Japon), monture bronze doré.

367 — Une coupe plate, bords festonnés, porcelaine Imari (Japon), décor polychrome, monture bronze doré.

368 – Une série de trois coupes creuses, porcelaine de Canton (Chine), montures bronze doré.

369 – Une série de trois petites coupes creuses, porcelaine du Japon, montures bronze doré.

370 — Une paire coupes plates, porcelaine de Sèvres, décors pastorales, monture bronze doré. Style Louis XVI.

371 — Une coupe plate, porcelaine de Dresde, décor personnages d'après Wouvermans, le marli ajouré, monture bronze doré.

372 — Une paire coupes plates, sur pieds, porcelaine du Japon, sans monture.

373 — Une paire coupes creuses, porcelaine du Japon, décor Satzuma, l'une fond rouge, l'autre fond jaune impérial, monture bronze doré.

374 — Une petite coupe plate, porcelaine Saxe, monture dauphins, bronze doré.

375 — Une paire petites coupes plates, porcelaine de Canton, montures bronze doré.

376 — Une coupe, forme coquille allongée, faïence française, monture style renaissance, bronze doré.

377 — Une coupe plate, forme allongée, porcelaine Japon, monture bronze doré.

378 — Une paire vases, porcelaine, décor fleurs relief sur fond vert céladon monture bronze doré.

379 — Une petite paire de vases, porcelaine de Saxe, décor oiseaux, montés bronze doré, style Louis XV.

380 — Une paire vases, porcelaine de Saxe, à médaillons, personnages chinois, montés bronze doré, style Louis XV.

381 — Une grande paire de potiches à couvercle surmonté d'un lion, décor Imari (Japon).

382 — Une paire vases, grès de Chine émaillé, personnages relief, forme balustre.

383 — Une petite paire tubes, porcelaine de Chine, jaune impérial, décors reliefs polychrome.

384 — Une paire vases cornets, formés de feuilles à larges côtes.

385 — Une petite garniture de cinq pièces, trois vases et deux cornets, porcelaine Imari (Japon).

386 — Deux grands supports en porcelaine de Satzuma, riche décor paysage à personnages et ornements dorés.

387 — Une paire porte-allumettes appliques, porcelaine de Chine.

388 — Deux porte-bouquets, têtes d'animaux, tigre et chimère, porcelaine de Chine.

389 — Une paire vases, porcelaine, coquille d'œuf, fond rose, décor à médaillons, genre chinois, montés bronze doré, style Louis XV.

390 — Une paire vases, porcelaine de Satzuma, décor riche à personnages, bronze doré.

391 — Une petite paire de vases, porcelaine de Satzuma, décor à personnages, montés bronze doré.

392 — Une paire de vases, porcelaine de Satzuma, forme carrée, à renflements arrondis, décor personnages et ornements dorés, sans monture.

393 — Un vase, ancienne porcelaine de Chine, mandarin, monté bronze doré, style Louis XV.

394 — Un vase ancien, porcelaine impériale de Chine, décor arabesques sur fond turquoise, non monté.

395 — Un vase, ancienne porcelaine de Tien-Long (Chine), décor personnages, sans monture.

396 — Un vase, ancienne porcelaine de Chine, décor à mandarins.

397 — Deux cornets, ancienne porcelaine du Japon.

398 — Un vase, forme gourde, ancienne porcelaine de Kutani, émail polychrome.

399 — Une paire petits vases d'étagère, porcelaine de Vienne, fond bleu à médaillons, personnages, montés bronze doré.

400 — Une petite paire de vases, porcelaine de Saxe, fleurs de myosotis en relief.

401 — Une paire petits vases, porcelaine, forme potiche, décor personnages Avata (Japon).

402 — Une paire vases, forme balustre, porcelaine, à médaillons fleurs sur fond bleu fouetté, montés bronze doré, style Louis XVI.

403 — Une paire vases ronds à couvercles, porcelaine, médaillons fleurs sur fond bleu fouetté.

404 — Une paire bouquetiers, forme gourde, à cinq lobes disposés à recevoir six bouquets de fleurs, porcelaine émail polychrome de Chine.

405 — Deux paires vases porcelaine craquelée, décor reliefs, dragon impérial.

406 — Un grand bouquetier à cinq goulots, ancienne porcelaine de Chine, imitant le bronze.

407 — Une jardinière de forme hexagonale, décor scènes japonaises, porcelaine de Satzuma, monté bronze doré.

408 — Une jardinière forme ronde, décor médaillons, personnages, porcelaine de Satzuma, monté bronze doré.

XII.

Objets en porcelaine et faïence.

409 — Un grand plat rond, peinture camaïeu bleu sur fond blanc, *Diane et Actéon*. Ancienne faïence de Savonne. Marque au revers, écusson couronné de la ville.

410 — Un petit plat rond, peint en camaïeu bleu sur fond blanc, l'*Abondance*, surmontée d'un écusson couronné. Au revers, marque S. Savonne.

411 — Un plat de forme contournée, décor cariatides Bérain, faïence de Moustiers.

412 — Un plat de forme octogonale, décor cariatides, faïence de Moustiers.

413 — Un plat rond, décor polychrome, genre japonais, faïence de Delft.

414 — Deux assiettes, décor semis de fleurs de couleurs, faïence de Marseille.

415 — Une corbeille ajourée, décor fleurs en relief, faïence de le Nove.

416 — Une corbeille ajourée, décor fleurs peintes, faïence de Strasbourg.

417 — Une assiette, décor polychrome, faïence de Delft.

418 — Id. id. id.

419 — Id. id. id.

420 — Id. id. id.

421 — Une assiette, décor présentant au fond sainte Perrine et des festons au marli, faïence de Nevers.

422 — Deux lions couchés, décor polychrome, faïence de Lunéville.

423 — Un plat creux, décor camaïeu bleu, *Triton sur un cheval marin*, revers A C, faïence de Savonne.

424 — Un plat forme octogonale, décor à dessins bleus, relevé de violet manganèse, faïence de Nevers.

425 — Un plat à bords festonnés, décor polychrome, fleurs et personnage mythologique, faïence de Moustiers.

426 — Un vase forme potiche, décor polychrome, faïence italienne d'Urbino.

427 — Un plat rond creux, dit coupe d'amateur, peinture polychrome, *Glaucus et Scylla*, faïence d'Urbino. XVIe siècle.

428 — Un petit plat rond, dit coupe d'amateur, décor en relief bleu foncé sur bleu clair, vases et chimères, faïence italienne. XVIe siècle.

429 — Un bouquetier, forme de vase à panse, divisé en trois compartiments, le milieu à couvercle, les côtés percés de trous à recevoir des fleurs, faïence italienne.

430 — Deux paires vases, forme potiches, décor camaïeu bleu, genre chinois, ancienne faïence de Delft.

431 — Une aiguière, forme casque, décor bleu, faïence de Nevers.

432 — Un vase antique étrusque, dessins rouges sur fond noir.

433 — Un petit vase antique étrusque, à couvercle, dessin noir sur fond gris.

434 — Un grand cachepot, décor genre Rouen, faïence moderne de Nevers.

435 — Une fontaine montée sur bois de chêne, décorée d'ornements en relief et de peintures, médaillon camaïeu rose, *la Pêche*, d'après Boucher, faïence de Lorraine, reproduction d'ancien modèle.

436 — Un encrier faïence, décor paysages à personnages, forme poêle faïence, genre vieux Marseille.

437 — Un encrier, faïence, genre Aprée.

438 — Un groupe, *Marchande japonaise*, faïence de Satzuma.

439 — Une paire petits vases, décor personnages dorés, faïence de Satzuma.

440 — Une jardinière, forme oblongue, porcelaine Satzuma, montée bronze.

441 — Une jardinière, forme carrée, décor fleurs sur fond vert céladon.

442 — Un grand presse-papier, *Bœuf,* porcelaine Saxe sur terrasse, bronze doré. Style Louis XV.

443 — Un lièvre, porcelaine Saxe, monté sur terrasse, bronze doré.

444 — Un chien, porcelaine Saxe, monté sur terrasse, bronze doré.

445 — Une boîte, porcelaine Saxe, décor paysage sur fond rose. Epoque Louis XV.

446 — Une boite, forme contournée, fleurs sur fond blanc. Style Louis XV.

447 — Une boite, double compartiment, décor camaïeu rose. Style Louis XV.

448 — Une boîte, forme carrée, médaillon sur fond doré filigrane, feuilles et fleurs de rosier, monture bronze doré. Style Louis XVI.

449 — Petite boîte, forme éventail, décor Watteau. Style Louis XV.

450 — Petite boîte, forme ronde, décor fleurs, porcelaine Saxe.

451 — Une boîte, forme coquille, porcelaine Chantilly.

452 — Une boîte, décor Watteau, sur fond or. Style Louis XV.

453 — Une boîte, décor pastoral Boucher, sur fond rose. Style Louis XV.

454 — Une boîte, décor marines, sur fond blanc. Style Louis XV.

455 — Une boite, forme contournée, médaillon *Chiens et chats*, Sèvres. Style Louis XV.

456 — Une boite, tête de lion, porcelaine. Style Louis XV.

457 — Une boîte longue, émail Saxe, décor Lancret. Style Louis XV.

458 — Une boite haute à dragées, décor paysages, fond rose à filigranes d'or, émail Saxe.

459 — Une boîte, forme carrée, décor paysages, fond rose. Style Louis XV.

460 — Une boite, forme carrée, décor paysages, fond bleu.

461 — Une coupe baguier, décor fleurs, fond rose.

462 — Un groupe porcelaine de Saxe, *Vénus assise sur un char*, monture rocaille, bronze doré. Style Louis XV.

463 — Deux groupes enfants, *Quatre saisons*, porcelaine Saxe.

464 — Un groupe, *la Renommée*, porcelaine Saxe.

465 — Deux statuettes, *Manon Lescaut* et *des Grieux*, biscuit de Sèvres.

466 — Deux statuettes, signées Ferru, porcelaine biscuit.

467 — Deux statuettes assises, bouquetiers, porcelaine Saxe.

468 — Deux statuettes debout, *Marquise et Marquis*, porcelaine de Saxe.

469 — Un groupe, *le Duo*, porcelaine Saxe.

470 — Quatre statuettes, beaux-arts, porcelaine Saxe.

471 — Un groupe enfants, beaux-arts, porcelaine Saxe.

472 — Quatre statuettes, *Parties du monde*, porcelaine Saxe.

473 — Deux petites statuettes, *Vignerons*, porcelaine Saxe.

474 — Deux petites statuettes, *Danseurs*, porcelaine Saxe.

475 — Petites statuettes, *Leçons apprises*, porcelaine Saxe.

476 — Trois statuettes, *Bergère et horticulteurs*, porcelaine Saxe.

477 — Deux statuettes, *Vin nouveau*, porcelaine Saxe.

478 — Quatre petites statuettes, métiers, porcelaine Saxe.

479 — Deux petites statuettes, *Musicien et Danseuse*, porcelaine Saxe.

480 — Deux petites statuettes, *Pierrot et Colombine*, porcelaine Saxe.

481 — Un groupe, *Cygne conduit par l'Amour*, porcelaine Saxe.

482 — Un groupe, *Cygne et ses petits*, porcelaine Saxe.

483 — Une statuette, *Musicien chinois*, porcelaine Saxe.

484 — Une statuette, *Musicienne chinoise*, guitare, porcelaine Saxe.

485 — Une statuette, *Musicienne chinoise*, mandoline, porcelaine Saxe.

486 — Une statuette, *Turc baguier*, porcelaine Saxe.

487 — Deux petits traîneaux, *Amours baguiers*, porcelaine Saxe.

488 — Une grande statuette, *Lettré japonais*, porcelaine Satzuma.

489 — Deux petites statuettes, porcelaine Satzuma.

490 — Une statuette tenant le fruit sacré, porcelaine Satzuma.

491 — Une paire perroquets anciens, porcelaine de Chine, bleu turquoise.

XIII

Argenterie, Bijoux et Objets de vitrines.

492 — Un vase à couvercle, dit vidrecome, en argent, représentant le « Triomphe d'Amphitrite » dans un char conduit par des Amours, sur le couvercle un Triton et un Amour repoussé au marteau, les moulures dorées. Poids, 860 grammes. XVIIe siècle.

493 — Une paire flambeaux en argent, tige balustre carré, sur pied contourné. Epoque Louis XIV.

494 — Une paire petits bouquetiers à cinq ouvertures, dessins repoussés au marteau. Style Louis XV.

495 — Une petite paire de flambeaux bas, de bureau, argent repoussé, pied contourné à moulures. Style Louis XV.

496 — Une ancienne coupe à vin bourguignonne, à deux anses, pieds à oves. Epoque Louis XVI. Poids, 210 grammes.

497 — Un grand sucrier, argent, dessins repoussés, porté sur quatre pieds rocaille, couvercle avec bouton formé par une branche de feuilles et de fruits.

498 — Un grand bénitier, argent repoussé. Style Louis XVI.

499 — Une boite, forme mandoline. Style Louis XV.

500 — Une boîte, forme contournée, à dessins repoussés au marteau. Style Louis XV. Poids, 150 grammes.

501 — Une petite boite ronde à thé, dessins rocaille repoussés au marteau. Poids, 135 grammes.

502 — Un encrier monté sur plateau, fermé par un couvercle à bouton rocaille, argent travaillé au marteau. Poids, 250 grammes. Style Louis XV.

503 — Petit encrier rocaille, à cartouche terminé par des Amours argent. Style Louis XV.

504 — Un petit vase ancien, cassolette à odeur, fondu et ciselé, argent. Poids, 38 grammes. Epoque Louis XV.

505 — Deux pommeaux de canne en argent.

506 — Un sucrier à couvercle, dessins rocaille, argent travaillé au marteau. Style Louis XV. Poids, 186 grammes.

507 — Un petit pot à odeur en forme de rafraîchissoir, à deux anses, couvercle terminé par une rose. Style régence.

508 — Petit sucrier, forme vase à côtes, à deux anses, couvercle terminé par une pomme de pin, argent gravé. Style Louis XIV.

509 — Un petit panier de forme contournée, anse ornée de feuilles et fleurs de rosier, pied rocaille ajouré, argent. Poids, 165 grammes. Style Louis XV.

510 — Carafon et deux petits verres à liqueurs, montés argent, sur plateau de même métal, repoussé au marteau. Style Louis XV.

511 — Flacon de forme d'oiseau, argent. Style Louis XV.

512 — Un pot au lait, argent, sur trois pieds, anse à cariatides. Poids, 101 grammes.

513 — Un solitaire, composé d'un plateau, cafetière, théière, sucrier et pot au lait, argent travaillé au marteau, dessin à torsades. Style régence.

514 — Deux salières à roulettes, argent. Style Louis XV.

515 — Quatre petites salières rondes, argent. Style Louis XVI.

516 — Deux salières à trois pieds, rocaille, argent fondu ciselé. Epoque Louis XV.

517 — Une petite boite, forme contournée, argent. Style Louis XV.

518 — Une boite, forme armoire à deux portes, argent. Style Louis XV.

519 — Deux salières en plaqué d'argent. Epoque Louis XVI.

520 — Une boite à savon, cuivre argenté.

521 — Une petite coupe sur quatre pieds, à deux anses, ornements à cartouches et Amours, argent travaillé au marteau. Poids, 120 grammes.

522 — Un petit collier en jaseron or, saint-esprit or émaillé, portant cinq améthystes. Epoque Louis XIII.

523 — Un saint-esprit strass, monté argent (pendant de collier).

524 — Un pendant de collier, roses, monté argent. Epoque Louis XIV.

525 — Un collier, roses, monté argent et or.

526 — Une croix normande, roses, montée argent.

527 — Une petite croix normande, roses, montée argent.

528 — Une petite croix et son nœud à rubis, montés argent.

529 — Une épingle saint-esprit strass, montée argent.

530 — Une croix Saint-Lô en or et petites roses.

531 — Une paire boucles d'oreilles strass, montées or et argent. Louis XIV.

532 — Une paire boucles d'oreilles strass, à pendants, montées argent. Louis XIV.

533 — Une paire boucles d'oreilles strass, montées argent doré.

534 — Une paire boucles d'oreilles, grenats et émeraudes, montées argent.

535 — Une boucle de ceinture, argent. Style Louis XV.

536 — Une boucle carrée de ceinture, strass, montée argent.

537 — Une boucle ovale de ceinture, strass et émail bleu, montée argent. Louis XVI.

538 — Une grande paire de boucles de souliers, acier et strass, montées argent. Louis XVI.

539 — Une paire de boucles de souliers, argent à facettes.

540 — Une petite paire boucles d'argent, forme carrée. Louis XVI.

541 — Une paire boucles d'oreilles, argent émaillé, *Pélican*, ornées de pierres fines. Style renaissance.

542 — Une châtelaine, bronze doré. Style Louis XV.

543 — Une petite broche, deux cœurs couronnés, strass, montée argent.

544 — Une petite broche, corbeille marcassite, montée argent.

545 — Une bague camée du XVIe siècle, montée or, bas titre.

546 — Une autre bague camée du XVIe siècle, montée or, bas titre.

547 — Une bague duchesse, marcassite, sur or et argent. Style Louis XVI.

548 — Une bague, corbeille marcassite, sur or et argent. Style Louis XVI.

549 — Une bague cœur, marcassite, sur or et argent. Style Louis XVI.

550 — Une bourse à deux faces, portraits émail de Limoges. Epoque Louis XIV.

551 — Une tabatière, forme carrée, décor animaux, ancien émail de Saxe. Louis XV.

552 — Une boite, chien accroupi sur un coussin, ancien émail de Saxe. Louis XV.

553 — Une boite carrée en agate, cailloux du Nil, montée argent. Louis XV.

554 — Une boite ovale, cuivre doré, intérieur écaille. Louis XVI.

555 — Une petite boite ovale, plaques agate. Epoque Louis XVI.

556 — Une petite boite carrée, plaques cornaline. Epoque Louis XVI.

557 – Une boîte buis, *Napoléon et Marie-Louise*. Epoque empire.

558 — Une petite coupe émail de L. Coblentz, genre Limoges.

559 — Une coupe, forme char à quatre roues, émail de Vienne sur argent.

560 — Une coupe ovale, portée par une statuette, émail fond rose.

561 — Une coupe ovale, col évasé, panse à godrons, décor personnages, émail sur argent.

562 — Une petite coupe ovale, décor filigrane or, ancienne porcelaine de Vienne.

563 - Une boîte en or émaillé, médaillon fleurs et fruits, ceinture à fleurs de lys. Epoque Louis XVI.

564 – Un petit flacon plat, porcelaine de Saxe.

565 — Un petit flacon représentant une pendule de Saxe.

566 — Une miniature, portrait de femme, peint sur émail, cadre à strass, bronze doré. Style Louis XIV.

567 — Une miniature sur ivoire, portrait de femme, cadre sur fond soie verte. Epoque Louis XV.

568 – Une miniature, portrait de femme, costume bizarre. Epoque Louis XVI.

569 – Une miniature, portrait d'homme, costume militaire. Epoque directoire.

570 — Une miniature, portrait d'homme, costume civil. Epoque empire.

571 — Deux miniatures peintes à l'huile sur cuivre, portraits, cadres bois doré. Epoque Louis XIV.

572 — Une miniature, portrait en grisaille, peinte à l'huile sur cuivre.

573 — Une miniature, portrait de femme sur cuivre. Epoque Louis XIV.

574 — Un christ, sur croix argent. XVIIIe siècle.

575 — Quatre cuillers en argent, terminées par une statuette de saint. Style renaissance.

576 — Un couvert ; cuiller, fourchette et couteau dans un étui cuir gaufré. Epoque renaissance.

577 — Douze couteaux, faïence de Moustiers grotesque.

578 — Un couvert en ambre sculpté, travail italien. XVIe siècle.

579 — Un couteau, manche ivoire sculpté. XVIIe siècle.

580 — Un reliquaire suspendu à une chaînette, bronze fondu, ciselé doré, d'un côté la Résurrection, de l'autre le Crucifiement. XVIe siècle.

581 — Un reliquaire, cadre filigrane argent.

582 — Une médaille, *le Rosoir,* grand bronze.

583 — Une médaille, *Inauguration du chemin de fer,* grand bronze.

584 - Jetons et monnaies romaines.

585 — Sceaux en cire et parchemin.

586 — Une ceinture d'aumônière en bronze. XVIe siècle.

XIV.

Objets en fer et divers.

587 — Un marteau de porte fer. XVIe siècle.

588 — Un autre. Même époque.

589 — Une épée, garde fer ciselé ajouré. Louis XV.

590 — Une masse d'armes, manches torsades, extrémité une boule armée d'une pointe.

XV.

Bronzes chinois et japonais.

591 — Une paire grands cachepots, forme tronc d'arbre, oiseau de paradis, niellé argent, anciens bronzes chinois.

592 — Trois divinités chinoises, *Longévité, etc.,* anciens bronzes chinois sur pieds bois de fer.

593 — Lion de Fô, écrasant un serpent, cassolette, bronze très ancien de la Chine.

594 Cassolette, ancien bronze de Chine, Lion de Fô.

595 — Un vase ancien bronze de Chine, forme balustre.

596 - Une coupe sur pieds, algues marines, ancien bronze chinois.

597 - Deux cachepots, bronze ancien japonais.

598 — Un brûle-parfums, bronze niellé, couvercle surmonté d'une divinité. Travail chinois, XVIIIe siècle.

599 — Une paire de vases, forme potiche, bronze chinois.

600 - Une paire de vases, forme balustre, bronze chinois.

601 Une paire de vases, incrustés, montés bronze japonais.

602 — Deux petites paires de vases, bronze incrusté du Japon.

603 — Une paire porte-allumettes, anciens bronzes chinois.

604 — Une paire vases bronze, niellés et incrustés or et argent japonais.

605 — Une paire vases, forme balustre, col rétréci, bronze incrusté japonais.

606 — Un porte-montre, bronze incrusté du Japon.

607 — Un poignard chinois, manche jade, fourreau bois de santal, finement sculpté.

608 — Un dragon impérial bois peint et doré. Travail chinois ancien.

609 — Une boîte ovale, bronze japonais incrusté.

610 — Une boîte hexagone, bronze japonais incrusté.

611 — Une petite boîte carrée, bronze japonais incrusté.

612 — Une paire cendriers, bronze japonais incrusté.

613 — Une autre paire, même genre.

614 — Une paire petits cachepots carrés à renflements. Style chinois.

XVI.

Emaux cloisonnés, chinois et japonais.

615 — Une grande coupe ovale à panse côtelée, émail fleurs cloisonné sur fond bleu turquoise, monture dragon, dronze doré.

616 — Une coupe ronde creuse, émail cloisonné, dragon impérial, sur fond bleu turquoise, monture bronze doré.

617 — Une paire vases à médaillons, fleurs sur fond rose et jaune ménagés sur un fond violet, émail cloisonné chinois, montés bronze doré.

618 — Une petite paire vases à fleurs, émail cloisonné du Japon, monture bronze poli.

619 — Une paire cachepots, émail cloisonné, fleurs sur fond blanc, monture dorée.

XVII.

BRONZES DIVERS

620 — Une paire grands vases, bronze poli. Style renaissance.

621 — Une paire vases à bouquets, sur pied, à mascarons, bronze poli, munis de leurs cornets cristal. Style renaissance.

622 – Un pot à tabac, bronze poli. Style renaissance.

623 — Un pot à tabac, haut bronze poli. Style renaissance.

624 — Un service de fumeur, genre chinois, bronze doré.

625 — Une paire cachepots, forme carrée, dessins ajourés, bronze poli. Style renaissance.

626 — Deux petites vasques, bronze vénitien, montés sur trépied en fer forgé. Style renaissance.

627 — Un encrier à trois godets, bronze poli. Renaissance.

628 – Un encrier à deux godets, bronze doré, mascarons. Style Louis XV.

629 – Un encrier à deux godets, forme contournée, bronze doré. Style Louis XV.

630 — Un encrier à un godet, bronze doré. Style Louis XIV.

631 — Un encrier japonais, deux godets, bronze argenté.

632 — Un encrier, bronze chinois.

633 — Un petit encrier, forme contournée, bronze doré. Style Louis XV.

634 — Un encrier à deux godets. Style Louis XIV. Bronze doré.

XVIII.

SIÈGES

635 — Un grand fauteuil Louis XIII, recouvert en tapisserie de l'époque, bois de noyer sculpté. XVIIe siècle.

636 — Deux fauteuils et deux chaises médaillons, bois de noyer sculpté, recouverts tapisseries d'Aubusson, fleurs sur fond crème, bordure rouge.

637 — Une bergère Louis XVI, bois peint en blanc et or, recouverte en cretonne.

638 — Une chaise médaillon, bois peint blanc et or, Louis XVI. Recouverte en cretonne.

639 — Un bois de fauteuil en bois de noyer tourné, Henri II. XVIe siècle.

640 — Un bois de chaise assorti au précédent, bois de noyer tourné, Henri II. XVIe siècle.

641 — Un bois de chaise à grand dossier, bois de noyer tourné. Louis XIII. XVIIe siècle.

642 — Quatre chaises à grand dossier, bois de noyer sculpté. Louis XIII. Recouverte en étoffe lamée.

643 — Quatre chaises à dossier, bois doré, Louis XVI.

644 — Un fauteuil dit cabriolet Louis XV, bois de noyer sculpté, recouvert en tapisserie à l'aiguille de l'époque. XVIIIe siècle.

645 — Un fauteuil noyer sculpté, Louis XIV, recouvert étoffe laine.

646 — Deux grandes banquettes, bois de noyer, recouvertes en velours laine cramoisi. Epoque Louis XIV.

XIX.

DIVERS

647 — Une statuette de la Vierge Mère, bois de noyer sculpté. xve siècle.

648 — Un encrier porté sur trois pieds cariatides, couvercle surmonté d'une statuette, ancien bronze vénitien. xvie siècle.

649 — Deux statuettes, *Guerriers*, bronze ancien. xvie siècle.

650 — Deux semblables aux précédentes qui ont servi de modèle.

651 — Quatre statuettes ivoire, *les Quatre saisons*.

652 — Un camée coquille, cadre ancien. xviiie siècle.

653 — Deux chimères, bronze doré. xviie siècle.

654 — Deux statuettes étrusques, bronze.

655 — Une boîte de forme hexagonale, buis plaqué écaille et incrusté os et ivoire. Travail italien (à la Certosine), xve siècle.

656 — Deux médaillons, bois sculpté, sujets de sainteté, de Dubuis.

657 — Un baromètre peint et doré. xviiie siècle.

658 — Une boîte bureau-pupitre, acajou incrusté, ornements bois. XVIIIe siècle.

659 — Un vitrail peint, *Saint Augustin et sainte Monique.* XVIe siècle.

660 — Un vitrail suisse à personnages. XVIIe siècle.

661 — Un vitrail armorié. XVIIIe siècle.

662 — Deux médaillons, terre cuite, par Chinard, de Lyon.

663 — Un petit meuble, jouet d'enfants, danseurs et musiciens.

664 — Une sculpture haut relief, *Tentation de saint Antoine.*

665 — Six panneaux, faïence émaillée vert, provenant d'un poêle monumental suisse.

666 — Débris d'un grand poêle monumental suisse composé de frises, carreaux et moulures, faïence émaillée.

667 — Un petit-bas relief, jeux d'enfants, bronze. XVIIe siècle.

XX.

Bois sculpté et Débris de meubles.

668 — 2 grandes portes de crédence, sculpture à perspective. XVIe siècle.

669 — 2 grandes portes de buffet, sculptures arabesques.

670 — 2 cariatides têtes d'anges, sur gaine à chutes de fruits.

671 — 4 panneaux, dessins arabesques, noyer sculpté. XVIe siècle.

672 — 4 panneaux, dessins arabesques, noyer sculpté. XVIe siècle.

673 — 2 paires cariatides, gaines feuilles d'acanthe. XVIe siècle.

674 — Quantité de panneaux de diverses époques, bois sculpté. (Ce lot sera divisé.)

675 — Quantité de cariatides isolées ou par paires, sculpture de différentes époques. (Ce lot sera divisé.)

676 — 2 grands lambrequins de portes et huit modillons, bois sculpté peint en blanc. XVIIIe siècle.

677 — Quatre pieds de table cariatides à tête de lions, noyer sculpté. XVIe siècle.

678 — Quantité de débris de meubles en tous genres, bois sculpté de diverses époques. (Ce lot sera divisé.)

679 — Sous ce numéro seront vendus tous les objets omis.

(7902) Imp. Jobard.

www.ingramcontent.com/pod-product-compliance
Ingram Content Group UK Ltd.
Pitfield, Milton Keynes, MK11 3LW, UK
UKHW021625260726
13994UKWH00003B/1070